AF578444

Origine de l’encre noire et des laves

Sébastien Coudrin

Origine de l'encre noire et des laves

Roman

ISBN : 979-10-377-7481-1

Chapitre 1
Année 1854

PAN PAN PAN !

— Rendez-vous, stop ! je vous informe qu'on a bientôt trou…

PAN !

— Putain ! pourquoi t'as tiré ? Elle ne représentait aucune menace.

— Silence, équipe 877 !

— Faites votre boulot de scientifique : détruisez toutes ces données et rejoignez-nous sur le vaisseau, Amiral, une fois que votre boulot est terminé.

GHROUM : Pardon, LK.

PLOUF !

— Mais que fais-tu ? Pourquoi l'hyperespace ?

— Oui, on sait.

LK : Mais là ils sont allés trop loin. Tu as le choix : sois tu nous rejoins, tu reprends la recherche des criminels et on reste de bons amis, ou on te laisse repartir par téléportation sur une planète inhabitée.

— Pas de problème.

— Je vous préviens que si je vous aide à faire vos recherches, je vous donne aussi des ordres, et mon premier ordre est de garder tous ces cobayes en vie et de rester loin de la planète Terre pendant environ trois ans, histoire de pouvoir travailler tranquille et sans problème.

Chapitre 2
Rencontre avec le Dr Fous

— Comment ça on retourne sur Terre ? Mais ça ne fait que trois mois qu'on a déserté !

— Silence ! On doit absolument utiliser ces nouvelles laves et savoir si l'encre qu'elles produisent pourra un jour ou l'autre nous aider à combattre les nombreuses maladies qu'il y a sur notre planète, tu comprends ? On ne peut plus attendre, si on continue d'attendre, notre planète aura vite disparu. Alors, mets-toi au travail.

LK : Très bien, PK, tu as raison sur ce point. Par contre, je souhaite que toutes les données soient sauvegardées au format.

GHROUM : Hum hum hum hum, mes garçons chéris, revenez à vous.

PLOUF OUF !

— Garde-le en vie et mets les trois enfants dans les salles de congélation. Je commence immédiatement les essais, la réponse devrait arriver sous deux jours.

Deux jours plus tard

— Ha ha ha, tenez les trois p'tits diables. Dr Fous, je vous présente vos trois garçons bien entendu, et à bon entendeur… On vous laisse cette caisse de laves noires, donc pas de connerie uniquement des garçons, on vous surveille, si vous dépassez les bornes, je me ferais un royal plaisir de vous remettre dans le droit chemin.

GROOM !

Chapitre 3
Perte de contrôle

— Bon sang, que fout ce cinglé de Dr Fous ! il vient de transformer plus de 300 garçons en p'tits diables. Téléporte-les…

GHROUM : Dr Fous, ça veut… ils viennent de repartir. Une minute, que font ces deux-là ici ? *(Surprise)*

LK : Alors, comme ça, tu n'as toujours pas compris la leçon. Je suis la première lave noire que tu as créée et je t'avais mis en garde à l'époque et là tu vas avoir du mal à réparer toutes ces bêtises du Dr Fous *(silence)*. Normalement, tu es supposé aider ton hôte à garder la forme. Tu n'es pas créé pour garder le contrôle de ces… *(stop)* On aimerait que vous nous aidiez à arrêter le Dr Fous, vous avez créé cette saloperie, donc c'est à vous de nous aider à la fin ! On a besoin de vous.

— STOP, LK, tu les gardes avec toi dans ton laboratoire, pendant que je règle le signal des fugitifs.

Chapitre 4
Cache-cache

— Stop, j'en ai localisé trois. Mudoume et Sébastien le Ret, on vous laisse vous occuper d'eux. Par contre, pas question de les tuer, ils n'ont pas pu être modifiés intégralement, donc il y a des chances qu'on puisse les retransformer. Alors, pas de meurtre. Stop, téléporte-le.

PAF PAF PAF PAF PAF PAF !

GHROUM : Ils résistent aux tranquillisants.

MUDOUME : Pour les neutraliser, il faut entrer par leurs anus. Apparemment ça ne semble pas trop les déranger.

— T'es sérieux ? Je te préviens, tu t'occupes de leur éducation en contrepartie.

— Au lieu de discuter, vous ne pouvez pas vous en occuper ? Ils ont eu LK.

— Ça va, mes autres compagnons s’occupent des p’tits cons.

— OK OK. Allez, attaquez-moi.

PAF PAF PAF POUF !

SÉBASTIEN LE RET : J’ai trouvé une autre solution par la bouche ouverte. Ils mordent, mais au moins c’est fait.

Chapitre 5
Dégâts importants

PAF PAF PAF PAF PAF !

GROUHM : En tout cas, cela semble super énervé. OooOooo, cinq à la fois.

SÉBASTIEN LE RET : Mon grand frère va être ravi, lui qui adore être père au foyer. En tout cas, je le plains.

— Merci de cette attention.

MUDOUME : J'espère que lorsqu'on aura fini ce travail on pourra passer à autre chose. Par contre, demain j'aurais besoin de ton aide pour apprendre aux autres pensionnaires à s'habiller. J'en ai un peu marre de les voir cul nu toute la journée, surtout que certaines sont assez agressives.

— Bon, avec cela j'en suis à 150 en tout. Le Dr Fous a vraiment fait tout le territoire de France, ma parole ! En tout cas, on va avoir pas mal de fil à retordre après.

Chapitre 6
Rechute et attaques violentes

PAF PAF PAF PAF !

MUDOUME : J'en ai un qui est reparti. J'ai énormément de mal à le maîtriser. En tout cas, les tranquillisants sont inefficaces sur lui.

LK : As-tu un frigo disponible ?

— Oui, derrière toi, il est neuf. En tout cas, il est branché.

HOP, dans le frigo !

— Bon, le numéro 250 pose problème. Il en reste combien après lui ?

— 50, mais on a beaucoup de mal à les localiser en ce moment, ils semblent être inactifs. En tout cas, on a au moins une chance de les faire venir ici. Mes compagnons et moi avons trouvé une solution, on a acheté un ancien château abandonné dans la région du Loir-et-Cher. Notre vaisseau est en train de le réparer et de le remettre aux normes. Ils vont être transférés dans moins d'un mois. On vient aussi de finir les clowns adultes et, normalement, tout devrait rentrer dans l'ordre.

— Merci.

LK : Est-il possible qu'ils meurent de vieillesse ?

— Oui.

Chapitre 7
Village moines verts

— OK, les p'tits garçons qui ont été transformés in extremis en êtres humains vont pouvoir être renvoyés dans le château qu'on a baptisé VILLAGE DES MOINES VERTS. On vous laisse, faites vos adieux. Par contre, lorsqu'on aura attrapé les 46 p'tits diables, ceux qu'on peut retransformer en êtres humains, il faudra que vous preniez une décision pour les trois derniers. Il y a très peu de chance qu'ils redeviennent humains. On les a modifiés il y a quatre ans.

— OK.

LK : Mais d'abord, laisse-nous avec ceux qui ont été transformés. On leur dit toute la vérité.

2 heures plus tard

LK : Stop, on vient de localiser les 46 p'tits diables grâce au réseau Wi-Fi. On doit réveiller celui qui est dans le congélateur, comme ça il va les appeler et on pourra les avoir tous. Par contre, on vous prévient : une fois qu'ils sont à bord, ils ne pourront plus se téléporter, il faut absolument qu'on les retienne. Les boucliers seront activés.

— OK, alors.

Quelques minutes plus tard

— Allez, debout YAAAAAAAAA !

GROUHM : Les voilà.

HOP ! HOP HOP !

— Hein, ils semblent épuisés. Ce n'est pas drôle, on vient d'en faire onze en moins de 28 minutes. En tout cas, leur système immunitaire va super mal. Allez, viens là, celui du congélateur.

AYYYYYYY AYYYYYYY AYYYYYYYYY !

— C'est bon, tu es décontaminé et prêt. Direction les douches. En tout cas, ces 46 cas qui viennent de la Terre et celle qu'on vient de sortir, ça fait 47. Donc il reste uniquement les trois derniers. Ils sont sans doute les enfants du Dr Fous.

Chapitre 8
Bon appétit

— Trouvé, les gars, dites au revoir à vos garçons, tous on part dans moins de 15 minutes. On a géolocalisé les trois derniers p'tits diables, on va pouvoir les attraper et les adopter. Donc, pas d'euthanasie.

— Parfait ! Par contre, je vous laisse leur dire adieu, et merci d'avoir réussi à récupérer tous les produits.

— Allez, nos garçons, alors voilà le moment est venu de vous dire adieu, on vous laisse dans votre nouvelle maison avec vos nouveaux éducateurs et gardes-médicaux.

GROUHM : Ouff ! Stop ! On doit s'occuper des trois derniers.

Quelques minutes plus tard

— Alors, on les a trouvés. Par contre, ils sont dans un bunker, donc on vous téléporte à l'entrée. Bon appétit.

GHROUM : Stop !

PAN PAN GRUM GRUM !

— Ooooooo quel délice ! Ils sont à l'étage supérieur, on peut se téléporter de nous-mêmes.

— Allons-y.

GROUHM : Alors, mes chéris, oooouuh là, comme vous êtes blancs ! Ça vous dit de manger ? Allez, debout, c'est l'heure de manger, allez !

GROUHM GROUHM.

— Mais silence !

— Dr Fous, on vous demande de tous les assembler dans votre plus grande salle de réunion.

20 minutes plus tard

— Voilà tous les organisateurs et mes compagnons de route, ils sont à gauche. Par contre, il y a des civils, ils sont à droite.

GHROUM : Parfait, attendez ici avec vos équipes. OK, les p'tits diables, on vous adopte et devenons aujourd'hui votre tonton et votre père.

Mudoume c'est votre père, et Sébastien le Ret votre tonton. Comme vous êtes dyslexiques, on vous autorise à nous appeler MAMAN, mais avant de continuer, on vous dit bon appétit. Ne laissez aucune trace. Allez, à table !

Grum grum grum grum !

15 minutes plus tard

— Parfait, voilà qui s'appelle un bon repas. On vous prévient : vous allez dormir un bon moment. Rassurez-vous, nous deux aussi on sera là à votre réveil.

GHROUM : Allez, direction les congélateurs. Par contre, vos vêtements de prisonniers, c'est la poubelle. Allez, cul nu !

LK : Et vous, messieurs, à très bientôt.

Chapitre 9
Attaques et dommages

PLOUFF PAN PAN GRUM GRUM !

— Hum, allez debout, les 3 p'tits diables ! On vous prévient : vous êtes libres de manger tous les attaquants sauf LK et ses compagnons. Comme la dernière fois, ne laissez aucune trace de sang. Vous êtes autorisés à manger et à vous amuser, pas de gâchis, à tout à l'heure.

4 heures plus tard

— Alors, mes HAYYYYY HAYYYYYYY HOP HOP… Hum, vous êtes pleins à craquer. Heureusement qu'on est deux à vous vider. En tout cas, ces glacières vont être super pleines. Je vous préviens : si un jour vous vivez avec nous sur Terre ou sur une autre planète, vous aurez des câlins réguliers afin de vous permettre de vous vider sans trop de douleur.

— Je pense que les suppositoires pour adultes et mineurs seront très efficaces. Par contre, les câlins devront être pratiqués sans violence afin de les aider à évacuer beaucoup plus rapidement toutes ces surcharges de laves noires. Heureusement qu'ils possèdent un quatrième anus, celui-là s'ouvre comme une boîte à cadeaux. Pas de pénétration d'aucune sorte dans cet anus. En tout cas, les deux autres semblent être pour la graisse végétale et les gros morceaux de matière fécale. Ça doit être super dur de les sortir sans aide.

Chapitre 10
Constat

— Ouffff, merci équipe le Ret.

— Maman, maman.

— Non, je ne suis pas ta mère. Tiens, mais il dort ! Merde alors, même endormis ils sont super bruyants. En tout cas, le jour où je vous renverrais sur Terre, je vous plains s'ils sont tous les trois comme ça. Bref, je vous envoie en vacances à la plage avec ces huit glacières d'encre noire. Merci de nous avoir aidés à nous emparer du vaisseau ennemi.

GROUHM : Ouff ! Les voilà sur une plage naturiste du sud de la France. Bref, ils vont pouvoir reprendre des couleurs et nous laisser nous reposer un peu, et puis, des vacances, ça leur fera du bien, avant de retourner au frigo.

Chapitre 11
Retour au frigo
et expérience sur des humains

— Allez, équipe le Ret, retour dans les frigos ! En plus des neuf, on espère pouvoir vous réveiller dans de meilleures conditions la prochaine fois. Allez, à la prochaine, faites de beaux rêves.

Quelques semaines plus tard

— Pardon, Mudoume, mais je n'ai besoin que de toi.

PLUUUF OUF !

— On dort bien dans ces nouveaux frigos. En tout cas, ils sont confortables. Tu as besoin de moi ?

— Oui, pour faire des essais sur des sujets humains atteints de maladies incurables.

— Allons, ce plan, il a une force surhumaine. Celle-là est déjà empaillée et aussi elle est en train d'être scannée.

PLOUFF !

— Voilà, il est bien assommé. En tout cas, quels jolis spécimens ! Écarte-lui les cuisses pour que la paille entre très facilement, ces nouvelles pailles sont beaucoup plus efficaces que les anciennes, de vrais bijoux.

— Ahhhh ahhh !

— C'est bon, il est empaillé et est en train d'être scanné, tout comme sa compagne. Mets-les au congélateur. Maintenant que nous avons les originaux, on devrait pouvoir leur enlever toutes ces malformations et en sortir des êtres humains à peu près normaux.

— Viens, je te raccompagne au frigo.

— Mais sans problème.

Chapitre 12
Réveil brutal

PLOUFF PLOUFF BOUM BOUM !

— Je ne sais pas ce qui se passe, mais on devrait se manier, les p'tits diables, si vous tombez sur des gens…

PAN PAN PAN !

— Wouha, merde ! vous êtes réveillés ? On essuie un abordage, j'espère que les p'tits diables ont faim.

— Oh que oui !

— Alors, voilà les balises, les quatre sont les nôtres, tous les points jaunes. Bon appétit.

GRHUM GRUM GRUM GRUM GRUM GRUM !

2 heures plus tard

— Merci beaucoup, équipe le Ret. En tout cas, grâce à votre aide, on s'en est sorti ainsi que les autres clowns. Eux au moins ont eu la chance de ne pas être réveillés, ça aurait pu leur être fatal.

— Bon, l'équipe le Ret, je vous ramène à vos congélateurs.

— Okay, à plus, la compagnie.

Chapitre 13
Libération du clown 777

— Parfait doucement, envoyez-le dans cette baraque. Tant pis pour les squatteurs, à l'avenir, ils feront plus attention aux maisons en ruines.

GROUHM : Il y a un départ d'incendie. Les villageois se rendent sur place.

— Parfait, laisse-les approcher du clown 777. Apparemment il y a deux médecins qui viennent de le prendre en charge.

— Super, il faudra attendre.

OUUUUUU !

LK : C'est rien, que des contractions. Ces deux-là vont nous poser un problème dans pas longtemps. Celle-là, son cerveau est décédé, et celle-là, c'est son cœur.

— Réveillez Mudoume et Sébastien le Ret, on a besoin de leur aide, on ne peut pas faire cette opération de clonage sans eux.

— OK. Alors, PK, tu as besoin d'aide ?

— Oui, Mudoume et Sébastien le Ret, il faudrait que vous preniez en charge ces deux colonnes et que vous les modifiiez avec les laves noires. Par contre, je vous préviens : vous allez ramer, car on a essayé de retransformer de jeunes garçons entre 2 et 6 ans, sans résultat.

— OK, ces deux-là seront terminés dans moins de 72 heures. Après, je vous enverrai en vacances avec les trois p'tits diables pendant trois semaines.

49 heures plus tard

— Terminé déjà, mais vous avez dit 72 h. En tout cas, c'est parfait. On a remarqué qu'il y avait pas mal de malformations au niveau des cerveaux des victimes. Seuls les reins ne fonctionnaient plus sur celui de la femme et de l'homme.

— Les gars, que sont devenus les p'tits garçons, ceux sur qui vous aviez fait l'expérience pendant que nous étions endormis dans les frigos. Sont-ils toujours en vie ?

— Non. Aucun n'a survécu.

GROUHM : Non-stop ! Combien en avez-vous tué cette fois ?

— 8 en tout.

Chapitre 14
Sébastien Palaud

GROUHM : Putain, il est lourd !

PAF !

— Du calme, restez éloignés de moi. Putain, vous avez osé, mes vrais parents, et mon p'tit frère en plus, il est en état de mort cérébral. Quant à moi, je suis cul nu devant une femme !

— Je m'appelle LK, et tu ne…

PAF !

— Merci, empaillez-le !

15 minutes plus tard

— Aaaaaahhhhh, bande d'enfoirés, vous m'empaillez, tout ça parce que vos autres créations n'ont vécu qu'une semaine avant de crever !

— Stop, retire la paille d'environ six millimètres. Mais je t'ai donné un ordre ! OK, sortez-moi tous les dossiers, je dois chercher l'origine de mon évreux.

— Commandant, je vous remettrais mon rapport dans les plus brefs délais.

— OK, emmenez ce patient en cellule, laissez-le cul nu s'il ne nous est pas utile, et dans trois jours, tuez-le.

— Bien, Commandant. Allez, avance ! Allez, accélère !

— Dis-moi, pourquoi tu lui obéis au doigt et à l'œil ? Il pourrait être tué.

Boum boum boum !

— Merde ! Changement de programme, on retourne au labo. Allez, fonce putain, les parois sont sévèrement abîmées, on risque de manquer d'air.

— Ouff, merde, LK.

HIM HIM HIM !

— Allonge-toi sur le lit et pas de mauvais coup.

— OK, hein que s'est-il passé ?

— Je vais au poste de commande voir ce qui se passe.

Chapitre 15
Accouchement

— Reste calme sur le…

— Aahhhhh !

— Il faut que tu m'aides.

— Et puis quoi ? Vous allez me tuer ensuite ?

— Non, tu as ma parole.

— OK, tiens, enfile ça sur ton pénis et ensuite il faut que tu rentres ton sexe dans mon vagin.

— OK, respire, connasse.

PLOUFF !

— Voilà, retire-la doucement. Normalement tu devrais sentir un pois.

— Oui, je confirme.

— Doucement, 1.2.3.4.5. Wouha ! Félicitations, madame LK.

HIM HIM HIM HIM HIM!

— Hein ouf ! Moins un. Putain, t'as bien fait, tu as le droit de rester en vie trois semaines de plus, mon gars. Le vaisseau est sécurisé. Comment avez-vous fait ? Vous n’êtes que trois hommes.

— Non, on a l’équipe le Ret, ils sont en train de faire le gros ménage, et non, tu ne pourras pas les rencontrer pour une simple raison…

— Mais. C’est moi qui viens de le renvoyer.

GROUHM : Félicitations, LK, tu as fait un bon travail.

Chapitre 16
Choix

GROUHM : Non, LK, il est condamné, ils lui ont enlevé de gros morceaux de cerveau. On n'a pas toute la technologie pour le ramener. Si tu l'aimes vraiment, laisse-le partir.

MUDOUME : LK, écoute-nous, si tu ne le laisses pas partir, c'est l'un d'entre nous qui changera. Il est condamné, tu peux en faire des clowns, mais seule toi te souviendras de ce qui s'est passé entre toi et lui, il y a quelques mois. Laisse-le partir.

— Hum hum hum, merci mes amis. Depuis que mon mari a évacué mes filles, j'ai beaucoup de mal à me séparer de mes amis et clowns. Pendant des années, j'ai tout essayé, la seule fois que ça a marché, c'est grâce à vous deux, Mudoume et Sébastien le Ret, et à mes compagnons de route qui ont eu aussi des relations sexuelles avec moi. Mais là, je suis à bout, toutes ces tentatives réduites à néant.

Chapitre 17
Tombés dans une embuscade

BOUM BOUM BOUM !

LK : Fuyons, tu ne peux pas rester dans notre vaisseau.

GROUHM : Ouff ! Le vaisseau a renvoyé les clowns sur Terre. En tout cas, ils auront tous survécu. Allons-y.

PAN PAN PAN PAN !

GROUHM : Fuyons !

PLOUFF OUFFFF !

— Nous voilà en hyperespace. Je ne pense pas qu'on va s'en sortir cette fois-ci. Les ennemis nous ont eus par surprise. Je ne pense pas que leur vaisseau nous mènera loin. En tout cas, pas jusqu'à la planque, avant de tomber en panne. Certes c'est un vieux vaisseau, mais au moins il vole. On sort de l'hyperespace.

PLOUFF !

— On reçoit un message, ça dit : « Rendez-vous sans poser de résistance. *PS : votre vaisseau n'est pas conçu pour le combat, il n'a pas d'armes ou d'équipements de guerre. C'est un...* »

GROUHM : Rendez-vous, et il ne vous sera fait aucun mal. Équipe 877, vous êtes condamnés à 11 ans et 39 mois de prison, sauf votre capitaine qui sera exécuté dans moins de 8 heures. Emmenez-les.

Chapitre 18
Fuite

Trois jours plus tard, après la mise à mort du capitaine

BOUM BOUM PAN PAN PAN !

— Viens vite, LK, on y va, allez.

— Mais comment se fait-il que vous soyez sortis tous les trois ?

— C'est grâce à Michel Coudrin, il a réussi à saborder tous les câbles électriques. En contrepartie, je l'ai infecté d'encre noire, il a retrouvé toute sa vue et il demande à ce qu'on le dépose sur une planète sans trop de cons.

— Aucun problème !

GROUHM : Ouff ! Vous êtes tous les trois sains et saufs. Allez, on décolle !

Quelques minutes plus tard

— Arrête-toi sur cette planète, il y a des habitants. Au moins, la technologie n'a pas tout pris sur les terrains agricoles et sur les champs côté bord de mer.

GROUHM : Voilà, notre route se sépare ici.

COUDRIN MICHEL : Voilà les chefs du village, Thierry et Jean-Paul.

LK : Ravie de te revoir, je croyais que tu étais décédé.

— Non.

— Je te laisse cet ouvrier très compétent.

— Ça tombe bien, il est le bienvenu, on manque de bras et d'hommes, ils sont tous mobilisés avec ce qui se passe à cause de ce coronavirus.

— Adieu, Michel Coudrin, en espérant que vous puissiez trouver la paix et le bonheur…

Imprimé en Allemagne
Achevé d'imprimer en octobre 2022
Dépôt légal : octobre 2022

Pour

Le Lys Bleu Éditions
40, rue du Louvre
75001 Paris

LE LYS BLEU
ÉDITIONS

www.ingramcontent.com/pod-product-compliance
Lightning Source LLC
LaVergne TN
LVHW020526160826
845677LV00015B/3917

9791037774811